CATALOGUE

DE

DESSINS ANCIENS

la plupart de

L'ÉCOLE FRANÇAISE

du XVIIIe siècle

DONT LA VENTE AURA LIEU

HOTEL DROUOT, SALLE N° 9

Rue Rossini

LE LUNDI 28 JANVIER 1901

à 2 h. 1/2 préçises

Me SANONER	**M. E. GANDOUIN**
COMMISSAIRE-PRISEUR	EXPERT
4 — Square Labruyère — 4	40 — Avenue Wagram — 40

Chez lesquels se distribue le Catalogue

EXPOSITION PUBLIQUE

Le Dimanche 27 Janvier 1901

DE I H. 1/2 A 5 H. 1/2

CONDITIONS DE LA VENTE

Les acquéreurs paieront *cinq pour cent* en sus du prix d'adjudication applicables aux frais.

La collection ci-indiquée ne pourra être vue qu'à la salle des ventes.

Paris. — Imprimerie artistique Ménard et Chaufour 8-10, rue Milton

DÉSIGNATION

ARMANI

1 — *La Sculpture.*

    Sanguine.

BARROCHI

2 — *Nativité.*

    Plume et bistre.

BERNADINI

3 — *Jean-Bart* (portrait de).

    Beau dessin à la pierre noire.

BIBIÉNA

4 — *Cours d'un Palais.*

    Plume et bistre.

BIBIÉNA

5 — *Intérieur de Palais.*

> Plume et bistre.

BLŒMÆRT (ABRAHAM).

6 — *L'Annonciation.*

> Plume et bistre rehaussé.
> Beau cadre bois sculpté.

BONNARD

7 — *Portrait d'un prince du sang.*

> Reproduit en gravure.

BONNET

8 — *Groupe de bacchants.*

> Lavis de sanguine et pierre noire.

BOTH

9 — *Paysage.*

> Plume et lavis.

BOUCHER (FRANÇOIS)

10 — *La Déclaration.*

> Sanguine. Composition gravée par MOYREAU.

BOUCHER (fils)

11 — *L'Enfant et les raisins.*

> Sanguine.

BOURGEOIS

12 — *Vue du coteau de Meudon.*

Crayon et aquarelle.

CARÊSME (Attribué à)

13 — *Les Saisons.*

Crayon non rehaussé.

CASANOVA

14 — *Paysage.*

Deux pendants.
Pierre noire et pastel.

CHASSELAT

15 — *Henri IV et Gabrielle d'Estrée*

Sépia.

CLERMONT

16 — *L'oiseau envolé.*

Pierre noire rehaussée.

COCHIN (Ch. Nicolas)

17 — *Portrait d'un prêtre.*

Mine de plomb.
Signé.

COCHIN (Ch. Nicolas)

18 — *Portrait d'homme. Vu de profil.*

COURTOIS

19 — *Jeune femme*. Vue en buste.

> Sanguine.
> Signé.

CRETI (Domenico)

20 — *Adoration des anges.*

> Plume.

CROSS

21 — *Marine.*

> Plume et lavis sur bois.
> Signé.

DAVID D'ANGERS

22 — *Portrait d'Alfred de Musset.*

> Pierre noire.
> Daté.

DEMARNE (Jean Louis)

23 — *Vaches* (étude).

> Pierre noire.

DEMACHY

24 — *Ruines romaines.*

> Gouache.

DESFRICHES

25 — *Paysage.*
> Mine de plomb.

DUPLESSIS

26 — *Rendez-vous de chasse.*

DUPLESSIS-BERTAUX

27 — *Intérieur d'une forge.*

Plume et aquarelle.

ÉCOLE FRANÇAISE (XVIIIe siècle)

28 — *Portraits de jeunes filles.*

Couleur. Mine de plomb et crayon.
Deux pendants ovales.

29 — *Jean Sans-Peur.*

Gouache sur vélin.

30 — *Le Contrat de mariage.*

Lavis de sanguine.

31 — *Tête de femme.*

Pastel.

32 — *Personnage chinois.*

ELSHAIMER (ADAM)

33 — *Tobie et l'Ange.*

Plume.

FIXON

34 — *Embarquement de marchandises.*

Aquarelle. Signée.

FRAGONARD (Honoré)

35 — *Pont dans un parc.*

Esquisse au lavis.

FRAGONARD

36 — *La Grille de la villa Mavilan à Grasse.*

Crayon et lavis.

FRAGONARD (Théophile)

37 — *Velasquez peignant un portrait.*

Sépia.

FRANCO (Baptista)

38 — *Feuille de croquis.*

Plume.

39 — *Feuille de croquis divers.*

Plume.

FREUDEBERG (Attribué à)

40 — *Marché conclu.*

Plume et lavis.

FREUDEBERG

41 — *La Séduction.*

Plume et lavis.

GILLOT (Claude)

42 — *Actrice du théâtre italien.*

Sanguine.

GOYEN (Jean-Van)

43 — *Groupe de paysans causant.*

Pierre noire.

GRANET

44 — *Figur   assises dans un vestibule.*

Aquarelle.

GRIEND (G. de)

45 — *Marine.* Temps calme.

Plume, lavis et aquarelle.
Signé.

HALLÉ (Noel)

46 — *Pastorale.*

Crayon noir rehaussé.

HOOGSTRATTEN (Samuel-Van)

47 — *Cour de palais.*

Pierre noire lavée et rehaussée.

HALM

48 — *Portrait de femme.*

Mine de plomb et crayon de couleur.

HUET (Jean-Baptiste)

49 — *Veau.*

Plume et lavis.

LAFITTE

5o — *Portrait de Chénier (Marie-Joseph).*

> Crayon noir.
> Cadre bois sculpté.

JEAURAT (Étienne)

51 — *Scène aux halles.*

> Dessin à l'essence.

LAGNEAU

52 — *Tête de vieillard.*

> Crayon noir et de couleur.

LAGRENÉE (l'Aîné)

53 — *Vénus et les amours.*

> Plume.

LANTI (Carlo)

54 — *Portrait de femme.*

> Vue à mi-jambes appuyée sur un piédestal.
> Crayon aquarellé.
> Cadre sculpté.

LARUE

55 — *Jeux d'amours.*

> Plume et lavis.

LE BARBIER

56 — *Escalier.* Villa Médicis.

> Plume et aquarelle.
> Signé.

LE BARBIER

57 — *Jeune femme dessinant.*

Crayon aquarellé.

LE BARBIER (L'Aîné)

58 — *Enfance de Daphnis.*

Plume et bistre.

LE BARBIER

59 — *Bergère antique.*

Crayon aquarellé.

LE BRUN (Mᵐᵉ L.-E. Vigée)

60 — *La Chute du Rhin.*

Pierre noire rehaussé.

LEDOUX (Mlle)

61 — *Tête de jeune femme effrayée.*

Crayon noir rehaussé.

LEMOINE

62 — *L'étude.*

LE NAIN

63 — *Tête de jeune garçon.*

Crayon noir et de couleurs.
Ex-collec. Guillemin.

LEPICIÉ

64 — *Homme assis.*

Pierre noire.

LEPRINCE (Jean-Baptiste)

65 — *Sutane*, buste.

>   Crayon noir rehaussé.

66 — *Homme debout.*

>   Sanguine.

LOUTHERBOURG

67 — *Troupeau se rendant au marché.*

>   Plume et bistre.

68 — *Départ pour le marché.*

>   Plume et bistre.

MERSCH

69 — *Retour de l'Enfant prodigue.*

>   Précieux dessin au lavis.
>   Signé.

MOMPER (Josse de)

70 — *Paysage.*

MUER (C. V. D.)

71 — *Marine, temps calme.*

>   Plume.
>   Signé.

NETSCHER (Constantin)

72 — *Portrait de femme.*

>   Crayon noir.

PARROCEL (Charles)

73 — *Fête nuptiale.*

Plume et lavis.

PRETOWNA

74 — *Tête de femme.*

Pierre noire rehaussée. Signé.

PILLEMENT (Jean)

75 — *Groupe de rochers.*

Pastel. Signé.

RAGUENET.

76 — *Vue du quai du Louvre et du Palais des quatre nations.* Jour de carnaval.

Nombreuses figures.
Plume et aquarelle. **Signé.**

RÉGNAULT (le baron)

77 — *La Prière.* Buste de femme.

Pierre noire rehaussée.

REMBRANDT (Attribué à)

78 — *Judith chez Holopherne.*

Plume. Très curieux dessin.

RESTOUT

79 — *Paysage.*

Pierre noire rehaussée. Signé.

ROBERT (Hubert)

80 — *L'Obélisque brisé.*

Sanguine.

ROBERT (Hubert)

81 — *La Balançoire improvisée.*

Sanguine.

82 — *Vue du vallon de Tivoli.*

Sanguine.

83 — *Escalier dans un parc.*

Sanguine.

ROBERT (École de Hubert)

84 — *Grange.*

Plume et aquarelle.

ROSA (Salvator)

85 — *Paysage.*

Pierre noire.

ROUSSELET

86 — *Paysage et chaumes.*

Deux gouaches.

SAINT-AUBIN (Aug. de)

87 — *Portrait d'homme,* vu de profil.

Mine de plomb.

SAINT-QUENTIN

88 — *Femme nue.*

Pierre noire rehaussée.

SAUERVIED

89 — *Promeneurs en traineaux.* Scène russe.

Crayon et sépia.

SICARDI

90 — *Portrait d'enfant,* vu de profil.

Crayon noir rehaussé.

ROBERT (École de)

91 — *Intérieur d'un parc.*

Sanguine.

SYLVESTRE

92 — *Tête de jeune femme.*

TIEPOLO (J.-B.)

93 — *Apothéose de Diane.* Plafond.

Plume et bistre.
Cadre bois sculpté.

VALLIÈRE

94 — *Portrait de Philippe d'Orléans.*

Crayons de couleur.

VALLIN

95 — *Jupiter poursuivant une Nymphe.*

Sépia.

VERNET (Carle)

96 — *Mousquetaire.*

Mine de plomb sur vélin.
Signé, daté.

VIANELLA

97 — *Paysage.*

Sépia.

VALLAERT

98 — *Paysages dits Historiques*

Plume et lavis. Deux dessins.

WEIROTTER

99 — *Route de Flandre.*

Plume et lavis.

VERSCHURR

100 — *Chiens.*

Très belle étude à la pierre noire.

WICAR

101 — *Apollon.*

Pierre noire.

ZENI

102 — *Tête de jeune Turc.*

    Sanguine.

103-133 — Sous ce numéro divers dessins anciens de plusieurs écoles, montés sur cartes et bristol.

134 — Sous ce numéro diverses gravures anciennes.

135 — Sous ce numéro divers objets omis.